EL BARCO
DE VAPOR

La niña invisible

Puño

PREMIO EL BARCO DE VAPOR 2018

Ilustraciones de Marta Altés

sm

fundación sm

**La Fundación SM destina los beneficios
de las empresas SM a programas culturales
y educativos, con especial atención a los
colectivos más desfavorecidos.**

Si quieres saber más sobre los programas
de la Fundación SM, entra en
www.fundacion-sm.org

LITERATURA**SM**•COM

Primera edición: abril de 2018
Séptima edición: mayo de 2022

Dirección editorial: Berta Márquez
Dirección de arte: Lara Peces

© del texto: Puño (David Peña Toribio), 2018
© de las ilustraciones: Marta Altés, 2018
© Ediciones SM, 2018
  Impresores, 2
  Parque Empresarial Prado del Espino
  28660 Boadilla del Monte (Madrid)
  www.grupo-sm.com

ISBN: 978-84-9107-684-1
Depósito legal: M-8974-2018
Impreso en la UE / *Printed in EU*

*Para Lucía, Alba, Yolanda y Matilde,
mis niñas invisibles.*

1

CUANDO TROG DESPERTÓ, se encontró sola en la cueva.

Su familia ya se había levantado, y del fuego de la noche anterior apenas quedaban unas brasas. La hoguera moribunda todavía calentaba a la niña bajo el montón de pieles, del que solo asomaba su cara roja y redonda.

Notó que aquella mañana hacía menos frío que las anteriores. Desde donde dormían, cerca de la entrada de la caverna, Trog podía ver un trozo de cielo, azul por primera vez en muchas lunas.

Se incorporó, se desperezó y olisqueó el aire. Olía ya a tierra húmeda y a corteza de árbol, lo que significaba que el fin de la Nieve estaba cerca. Desde fuera llegaba también el rumor de las tareas diarias de la tribu y el canto de algún pájaro que celebraba la llegada de la nueva estación.

Un terrible rugido interrumpió los pensamientos de Trog: eran sus tripas, reclamando el desayuno.

De repente, notó un suave cosquilleo en su mejilla izquierda. Algo paseaba tranquilamente por su cara. Lo agarró con un gesto rápido y lo miró de cerca. Era una araña gorda, peluda y marrón, llena de ojos y de patas.

¡Menuda suerte!

Se la metió en la boca y la masticó con ganas. Estaba crujiente y jugosa. Era, sin duda, su premio por haber dormido hasta tan tarde.

2

Asomó la cabeza al exterior.

El sol había derretido un poco la nieve y el pasto verde asomaba a jirones en la llanura que se extendía al pie de la colina donde vivían. Frente a la entrada de la cueva, su madre avivaba el fuego con un abanico de hojas trenzadas; su padre ya estaba tallando unas piedras, pues era el mejor fabricante de herramientas de la tribu y le gustaba empezar bien temprano; sus hermanos volvían de recoger algunas cebollas para el desayuno.

Saludó a su familia:

–¡Ma, Pa, Rogl, Odi!

–¡Trog!

–¡Trog!

–¡Trog!

–¡Trog! –contestaron ellos sin interrumpir lo que estaban haciendo, pues aún no se habían inventado los «buenos días», y en la tribu tenían por costumbre saludarse diciendo en voz alta el nombre del otro, porque los nombres los habían inventado hacía poco y les encantaba oírlos.

—El desayuno está casi listo —dijo su madre arrojando al fuego los bulbos que habían traído los mellizos.

Trog estaba harta de las cebollas. Si tan solo la dejaran explorar el bosque, podría encontrar otras cosas para comer, pero esta era una tarea que solo podían hacer los Invisibles. Y ella nunca sería una de ellos porque no podía hacer el Viaje. ¡Era injusto! Su padre y sus hermanos lo habían hecho, como el resto de hombres de la tribu, y ni siquiera se molestaban en ir a buscar un desayuno apetitoso. Si ella fuera Invisible, en lugar de las cebollas que crecían sin esfuerzo alrededor de la cueva, desayunarían todos los días orugas de las blancas y gordas llenas de líquido amarillo que hay debajo de las hojas más oscuras; caracoles jugosos de cáscara crujiente; larvas de escarabajos del fango; huevos de araña roja; algas de charco viejo, y más cosas verdaderamente sabrosas y nutritivas.

Sin esperar a que estuvieran listas, Rogl y Odi agarraron sus cebollas y se las comieron casi cru-

das, deleitándose. Trog no sabía si realmente les gustaban tanto o solo lo hacían para hacerla rabiar, pero lo cierto es que comían tanta cebolla que podían olerlos desde la otra punta del bosque. Con razón habían dejado de ir a cazar y a pescar: ¡olían tan fuerte que habían dejado de ser invisibles!

3

Como Rogl y Odi eran demasiado holgazanes para ir a cazar, la popularidad de la familia dentro de la tribu había decaído.

Solo se había salvado en parte gracias a que Pa había regalado un cuchillo de asta de ciervo y una flauta de hueso de buitre a Vern, quien cazaba lo suficiente para alimentar a casi toda la tribu, y en parte porque Trog era la alumna favorita de Groo, el hechicero.

Vern y Groo eran las personas más mayores y por esta razón dirigían el Consejo de la tribu, formado por todos los adultos Invisibles y donde se tomaban todas las decisiones importantes.

Pa se preocupaba por los mellizos: «¡Si al menos aprendieran a fabricar cosas, como yo!». Ma los disculpaba: «Es una etapa, ya se les pasará».

Todo había empezado a ir regular después de la Gran Mudanza.

Varias Nieves atrás, todas las familias vivían juntas en una sola cueva junto al río, en el mismo lugar que los abuelos de los abuelos de sus abuelos. Allí, a Rogl y Odi se les daba fenomenal arponear peces y lagartos, y, según Ma, todavía no estaban pasando ninguna etapa.

Pero un día el río se puso marrón y los árboles dejaron de dar fruta y ya no hubo más peces ni aves para comer, así que Vern y Groo reunieron al Consejo y decidieron que la tribu se mudaría a la colina.

A Trog y a Ma les pareció estupendo, pues ahora tenían una cueva para cada familia y casi no había mosquitos. Pa había encontrado nuevos materiales para tallar y, como cada vez veía peor de lejos, fue sustituyendo poco a poco el arco y las flechas por la maza y las piedras. En cambio, los mellizos no terminaban de adaptarse: se quejaban de que en la colina no había peces que arponear, pero Trog sospechaba que no era más que una excusa, y que en realidad les daba miedo el bosque.

4

Aunque Vern era el más anciano de la tribu, tampoco era tan viejo.

Nadie sabía exactamente cuántas Nieves había vivido, pero su pelo ni siquiera se había puesto gris, con excepción de un mechón blanco que surcaba su larga barba. Sencillamente no había nadie mayor que él o que Groo, pues ambos tenían más o menos la misma edad.

Además de haber visto derretirse muchas Nieves, Vern también era el que mejor cazaba. Gracias a él, la tribu había sobrevivido durante los tiempos difíciles, pues siempre traía las mejores piezas incluso cuando todo alimento parecía escasear. Esto era algo de lo que le gustaba presumir y, para recordárselo a los demás, no le hacía falta decir ni una palabra: su ropa, su pelo y su barba estaban decorados con todo tipo de huesos, colmillos, garras y pezuñas de todos los animales que había cazado. Incluso había colocado sobre la entrada de su cueva el cráneo de un mamut con unos colmillos gigantes, lo que había provocado un acalorado debate en el Consejo, ya que el mamut lo habían cazado entre todos, pero él insistió en que había sido el líder de aquella partida de caza y, por lo tanto, tenía derecho a quedarse el cráneo. Nadie se atrevió a contestarle porque Vern era el líder de todas las partidas de caza.

• 5

Vern tenía un hijo: Rnar.

Salvo por la barba, era una versión en miniatura de su padre. Vestía con las mismas pieles negras llenas de adornos de huesos, garras y dientes, solo que Rnar no había conseguido cazar nada en su vida. De hecho, había emprendido ya dos veces el Viaje y en ambas ocasiones había vuelto antes de tiempo, muerto de frío y hambre. Esto hubiera sido suficiente motivo para ser expulsado de la tribu, pero como era el hijo del jefe, nadie se atrevía a decirlo en voz alta, lo que volvía a Rnar aún más arrogante y presuntuoso.

Le encantaba meterse con Trog porque su padre había dejado de cazar y porque vestía con pieles que su madre curtía con esmero y llenaba

de botones de hueso tallado y de adornos de piedra que fabricaba su padre, cosa que Rnar encontraba ridícula. A ella le daba igual, porque consideraba que las ropas de Rnar parecían un vómito de lechuza lleno de pelo y de huesos, pero no lo podía decir en voz alta: al fin y al cabo, era el hijo de Vern.

● 6

Hay que reconocer que, a veces, Vern era un jefe un poco bruto.

Por suerte esto quedaba equilibrado gracias a la sabiduría y a la delicadeza de Groo, y con el conocimiento de uno y la fuerza y el valor del otro, la tribu de los Invisibles vivía una época próspera y feliz.

Sería injusto decir que Groo era un simple hechicero, aunque lo pareciera por su cara pintada de rojo, el colmillo de oso que atravesaba su nariz y la piel de lobo con cuernos de alce que siempre cubría su cabeza.

Sus tareas eran de lo más variopinto: curaba a los enfermos y a los heridos, inventaba canciones, conversaba con los espíritus para que no se enfadasen, estudiaba el firmamento, enseñaba a los niños lo necesario para la supervivencia y cuidaba de las pinturas de los abuelos de los abuelos de sus abuelos.

Fue su padre, que había sido el hechicero de la tribu antes que él, quien le había enseñado a preparar los colores mezclando piedras del río con bayas maduras y grasa de búfalo. Cuando las hojas de los árboles se caían, poco antes de cada Nieve, repasaba con esmero cada una de las figuras que había en la pared de la cueva: leones, osos, hipopótamos, rinocerontes, guepardos, caballos... A Groo le encantaba el brillo de los dibujos, que parecían saltar de la roca cuando acercaba una antorcha para mostrárselos a los niños de la tribu.

Pero aquello había sido antes de la Gran Mudanza.

Cuando se trasladaron a la colina, Groo no encontró ninguna pintura en las nuevas cavernas, así que se vio obligado a dibujar sus propios animales.

«Quizá seamos los primeros humanos en habitar este lugar», pensó mientras daba los últimos retoques a un león majestuoso.

No había terminado de dibujarle los colmillos cuando unos niños entraron en la cueva.

–¿Es eso un hipopótamo, Groo?

–No –dijo otra niña–. ¡Es una ardilla gigante!

–Yo creo que es un castor –propuso otro.

Groo se alejó de la pared y observó la pintura. Había olvidado la melena, los dientes no se veían bien y la cola era demasiado grande.

Los niños tenían razón: aquello no se parecía en nada a un león.

● 7

LA CUEVA DE GROO no era exactamente una escuela, pues todavía faltaban miles de años para que alguien inventase la primera. Pero se parecía bastante.

Los niños de la tribu acudían por la mañana y aprendían qué plantas eran venenosas, a rastrear una presa o a guiarse en la noche siguiendo una estrella. Como tampoco se habían inventado los libros, Groo ingeniaba o recordaba canciones que los ayudaban a memorizar cada lección.

Había algunas que funcionaban como un mapa, como la Canción de Volver a Casa, que enumeraba todas las señales que marcaban el camino de regreso a la colina:

Árbol
Árbol
Árbol
Piedra

Río
Fango
Luna
Cueva

Otras eran más parecidas a nuestras recetas, como la Canción para Encender el Fuego:

Palo seco
Hierba

Rama

Frota frota
Sopla
Llama

Trog acudía cada mañana después de desayunar y nunca se perdía una lección. Era la más rápida encendiendo un fuego (gracias a los trucos que le había enseñado Ma), la que tallaba las piedras más afiladas (con la ayuda de los materiales de Pa) y la mejor identificando animales peligrosos (aunque esta lección estaba suspendida hasta que se solucionara lo de las pinturas). Pero lo que más le gustaba era aprender acerca de las tribus que habitaban el Mundo.

Groo les hablaba de los Azules, que medían dos metros y podían volar; de la tribu de los Risueños, que no tenían un solo pelo en la cabeza y empezaban a hablar ya en el vientre de sus madres; o de los temibles Hombres de Barro, que vivían en el páramo y eran caníbales.

Pero las historias que más le gustaban a Trog eran las de su propia tribu, los mejores cazadores de todo el mundo, capaces de seguir un rastro durante mil lunas a través de la nieve y del fuego y de volverse invisibles ante cualquier enemigo o presa.

Y así es como Trog aprendió todo lo necesario sobre el Viaje.

8

La décima Nieve se ha derretido
Todos los niños que tienen coraje
Cuando la noche se llena de aullidos
Antes del sol empiezan el Viaje

Piedras afiladas y algo de suerte
Tu arco, tus flechas y un buen abrigo
Sigue la estrella que brilla más fuerte
Nada más que eso llevarás contigo

Cuídate del hambre, la sed y el catarro
El día es muy largo y la noche terrible
Las fieras, el miedo y los Hombres de Barro
Si vuelves entero serás Invisible

Cruza la Montaña Que Toca El Cielo
Y el espeso Valle de las Mil Espinas
Al llegar al árbol que tiene un gemelo
Busca tu estrella y vuelve a la colina

Regresa y ofrece una buena presa
Que tus propias manos hayan cazado
Si no cumples con esta promesa
De los Invisibles serás desterrado.

Trog se sabía la Canción del Viaje mejor que nadie, a pesar de que era la más difícil de todas y algunos niños de la tribu no lograban aprendérsela completa.

Cuando era pequeña, la parte que hablaba de las fieras y de la noche terrible le daba bastante miedo, pero casi todo el mundo había vuelto sano y salvo, con excepción de Uur, el hijo de Aark.

Uur tenía la misma edad que los mellizos y mejor puntería que nadie en la tribu, pero nunca regresó de su Viaje. Le buscaron durante varias lunas, pero su rastro se perdía en el fango del páramo.

A Trog le dio mucha pena, y aunque nadie supo qué le pasó exactamente, Rogl le decía que se lo habían comido los Hombres de Barro, y Odi, que había sido un león; cosas que a ella le parecían terroríficas, aun sabiendo que al menos una de las dos tenía que ser mentira.

Otra estrofa de la canción que intranquilizaba a Trog cuando era pequeña era la que hablaba de que todo aquel que no volviera con una presa cazada por sus propias manos sería expulsado de la tribu. Pero después de que Rnar regresara del Viaje en dos ocasiones con las manos vacías, y nadie, ni siquiera su padre, hiciera un solo comentario al respecto, dejó de tomarse en serio lo de la expulsión.

Lo que sí le preocupaba de verdad era algo que parecía no llamar la atención del resto de la tribu: hasta ahora, ninguna niña había hecho el Viaje.

9

Trog sabía que aquella Nieve sería la décima que vería derretirse, así que una tarde, mucho antes de que ocurriera, se sentó junto a su madre en la entrada de la cueva, mientras esta terminaba de curtir una piel de cabra para hacer unas botas a los mellizos. Le hipnotizaba ver a Ma raspar el cuero con una piedra afilada, dejándolo suave y rígido.

–Ma, ¿tú hiciste el Viaje?

–No, hija.

–Entonces, ¿no eres Invisible?

Ma dejó lo que esta haciendo y miró a Trog con ternura.

–Claro que lo soy. Los hombres Invisibles hacen el Viaje; las mujeres Invisibles hacemos en nuestro vientre a nuevos hombres Invisibles.

–¿Y Rnar? No ha logrado terminar su Viaje ni tampoco ha hecho nada en su vientre que no sea llenarlo de comida.

–Rnar no es Invisible, pero algún día lo será. Sencillamente necesita algo más de tiempo que los demás.

–Y si tú eres Invisible porque nos has hecho a Rogl, a Odi y a mí, ¿por qué no vas a cazar como los hombres? ¿Por qué Pa y mis hermanos no van a cazar si son Invisibles? ¿Por qué ninguna mujer sale sola de la colina? ¿No hubo ninguna niña que quisiera hacer el Viaje?

–Trog, ¡son demasiadas preguntas! Ni siquiera sé si tengo respuesta para todas.

–Entonces, respóndeme solo a esta: si hago a un Invisible en mi vientre, ¿podré ir al bosque sola?

–No –dijo su madre con cierta resignación–. Solo pueden hacerlo aquellos que hayan regresado de su Viaje. Así ha sido para nosotros y para los abuelos de los abuelos de tus abuelos.

Trog se puso en pie.

–¡Yo quiero ser Invisible! ¡Yo quiero hacer el Viaje!

Ma suspiró. Con la voz más dulce y comprensiva que una madre puede poner, le dijo:

–Hija, cada cual tiene su papel en la tribu. Unos cuidamos el fuego y otros traen la comida. Unos cazan y otras hacemos niños. Unos son más fuertes, otros más rápidos, otros más habilidosos, y cada uno busca el lugar en el que mejor encaja. Todavía eres pequeña para encontrar el tuyo, Trog, pero tarde o temprano lo encontrarás. Eres una Invisible como cualquier otro. Todo saldrá bien, te lo prometo.

La niña arrugó la frente y se marchó hacia la llanura cubierta de nieve, pensativa. De repente, le parecía que todo aquello tenía muy poco sentido.

10

AL DÍA SIGUIENTE, Trog no fue a escuela.

Ni al siguiente. Ni al otro. Pasó el tiempo enroscada bajo las pieles, junto al fuego de la noche, sin salir de la cueva.

Ma no quiso molestarla y Pa y los mellizos habían partido con el resto de los hombres para cazar un mamut antes de que se derritiera la última nieve.

La caza del mamut era un gran riesgo para la tribu, pero con uno solo de aquellos animales podían alimentarse durante varias lunas y renovar sus abrigos antes de que regresara el frío. La noche en que los cazadores regresaban con la presa, se organizaba una gran fiesta donde comían hasta hartarse y bailaban celebrando que la Nieve llegaba a su fin.

El sol comenzó a descender y Ma entró en la cueva.

Trog había salido de debajo de las pieles nada más que para atizar la hoguera, y ahora miraba el fuego con la cara enterrada detrás de sus rodillas.

–He pensado que quizá te apetecía coger fuerzas –dijo Ma desenvolviendo una hoja enorme de helecho en la que había guardado con delicadeza algunos de sus manjares favoritos: un ciempiés violeta, una fresa temprana, tres huevos de serpiente venenosa, un panal repleto de miel y un crujiente y gigantesco grillo negro.

Trog quiso resistirse, pero vio los pies enrojecidos de su madre y se dio cuenta de que, probablemente, había caminado sobre la nieve todo el día para reunir aquello. Se sintió estúpida. Se metió el ciempiés en la boca, saboreándolo, y se acurrucó en el regazo de Ma, que le acarició el pelo hasta que se quedó dormida.

11

Cuando despertó, aún era de día.

Debía de haber dormido muy poco. Su madre ya no estaba allí, y en su lugar encontró a Groo, de pie en la entrada de la cueva, con su piel de lobo y los cuernos de alce recortados contra el cielo naranja del atardecer.

—¡Trog!

—¡Groo! —dijo desperezándose.

—Eres la más atenta de mis discípulos. Desde que aprendiste a caminar, has acudido a mi cueva cada mañana. Hace ya tres que no vienes. No pareces enferma.

El hechicero se acercó al fuego. Sus adornos tintinearon resonando en la cueva.

—Ya no voy a ir nunca más. A partir de ahora, me quedaré aquí comiendo cebollas y bebiendo agua del musgo de la cueva.

–Y cuéntame –dijo Groo mostrándose comprensivo–, ¿se puede saber por qué has tomado esa decisión?

–¿Qué sentido tiene aprender a rastrear una presa si no puedo abandonar la colina ni para cazar una oruga para el desayuno? ¿De qué sirve conocer cada palabra de la Canción del Viaje si solo pueden hacerlo los niños?

–¿Es eso lo que ocurre, Trog? ¿Es por el Viaje?

–Groo, sé que Ma ya te lo ha contado –dijo la niña poniendo los ojos en blanco.

Groo se rio en silencio, pero le delató el campanilleo de sus abalorios.

–¿Qué te hace pensarlo?

–Si no te hubiera dicho nada, habrías esperado a ver si mañana tampoco iba a tu cueva, en lugar de venir a buscarme antes de ponerse el sol.

Los dos miraban la hoguera. El hechicero había estado esperando tanto aquel momento que le parecía haberlo vivido ya. Se puso serio y habló con una voz tan profunda que pareció fundirse con las llamas que iluminaban su cara roja y negra.

–¿Sabes por qué los Invisibles van hasta el páramo a cazar el mamut, niña? –Hizo una pausa, quizá demasiado larga, y respondió la pregunta él mismo, lentamente–: Porque el mamut no viene a los Invisibles.

Trog miró cómo bailaban las llamas. ¿Qué había querido decir con eso? Levantó la vista para preguntárselo, pero Groo ya se había esfumado.

12

Pocos días después, el sonido de un cuerno lejano anunció que los hombres regresaban de la partida de caza.

Todavía brillaba el sol en el horizonte cuando aparecieron arrastrando la presa sobre una camilla de ramas trenzadas: un mamut enorme, de pelo espeso como un bosque y colmillos interminables, gruesos como árboles. Cargaban el animal despacio y con todas sus fuerzas, resoplando y llenando el aire frío de nubes de vaho que salían de sus bocas.

La tribu entera los recibió en lo alto de la colina, donde las flautas y los tambores sonaban alrededor de una gran hoguera.

Groo repartió ungüentos entre los que traían algún rasguño, nada grave, y conversó con el espíritu del mamut para que volviera en paz al páramo, adonde pertenecía.

La música y las llamas se alzaron hacia el cielo oscuro, y el olor de la carne sobre las brasas avivó la fiesta.

Todos bailaron y rieron alrededor del fuego, cantando canciones alegres que no decían nada.

Entonces Vern agarró el filete más grande y jugoso de los que había sobre las ascuas y lo clavó en uno de los colmillos del mamut, el cual untó generosamente de grasa.

Todos los niños que pronto harían el Viaje se acercaron, listos para treparlo, pues creían que el espíritu del animal daría una fuerza increíble a aquel que comiese primero de su carne, y de este modo conseguiría cazar la presa más grande durante su Viaje.

–¡Que atrape este pedazo de carne aquel que quiera ser Invisible! –bramó Vern con su vozarrón de jefe.

Pero nadie movió ni una pestaña: solo se escuchaba el crepitar del fuego. La música había parado, toda la tribu se había quedado muda y miraba fijamente a Vern.

El jefe giró su cabeza peluda y se quedó tan perplejo como ellos.

Alguien ya había trepado hasta la punta del colmillo y devoraba el filete con rapidez.

¡Era Trog!

13

DURANTE UN TIEMPO que pareció eterno, todo el mundo miró a la niña, que agarraba con una mano la punta del colmillo, y con la otra, el enorme filete. Hasta que alguien exclamó:

–¡Suelta eso de una vez y deja subir a los chicos!

Todos miraron en dirección a la voz, sin saber de quién era.

–¿Por qué lo va a soltar? Ha trepado el colmillo con la agilidad de una araña. ¡El juego ha terminado! –gritó otro desde el lado opuesto de la gran fogata.

La tribu entera giró la cabeza, pero tampoco supo de quién era aquella voz.

–¡Trepar el colmillo es solo para los niños que van a hacer el Viaje! –respondieron desde el otro extremo, pero ya nadie supo si era la misma voz u otra diferente.

—Yo quiero hacer el Viaje –dijo Trog, aún masticando.

Se oyeron cuchicheos.

Todos la miraron, algo más tranquilos, pero no menos asombrados, al saber por fin quién estaba hablando.

—¡No puedes hacerlo! Eres una niña.

Quien hablaba era Rnar, el hijo de Vern.

—¿Y qué diferencia hay? –respondió una voz de mujer entre las sombras–. Trog conoce la canción, igual que los otros niños.

—Y tú también, pero no por eso hiciste el Viaje –contestó otro hombre.

—Porque no tenía ni idea de usar un arco y una flecha. ¡Pero Trog tiene mejor puntería que cualquiera de vosotros!

La tribu se fundió en un murmullo.

Pa, que observaba con prudencia junto a Ma y los mellizos, sonrió en silencio, pues era él quien había enseñado a cazar a su hija, y se sentía orgulloso de una destreza que conocía mejor que nadie.

Trog notaba cómo se le entumecía la mano con la que se agarraba al colmillo, pero no quería soltarse. Sabía que si lo hacía, perdería la única oportunidad de conseguir su propósito.

–¿Y si lo consigue? Todos los que regresan del Viaje acaban formando parte del Consejo. ¡Nunca ha habido una mujer en el Consejo! –dijo otra voz anónima.

Todas las mujeres de la tribu fruncieron el ceño, un poco enfadadas.

–¿Y si fuera así? Tampoco es que los hombres toméis las mejores decisiones vosotros solos –dijo una.

–¡Eso! Yo estoy harta de pasar la Nieve comiendo cebollas –dijo otra.

–¡Y desde la Gran Mudanza tenemos que caminar mucho para traer agua! Ningún hombre del Consejo sabe los problemas que tenemos.

–¡Además, el hijo de Vern ha hecho el Viaje dos veces y no lo ha terminado!

Antes de que aquello se fuera de las manos, Vern intervino:

–¡Está bien, está bien! Antes del alba, el Consejo se reunirá y tomará una decisión sobre...

–No. –La que hablaba era Raa, la mujer de Vern. Se hizo el silencio sobre la colina, pues era la primera vez que interrumpía al jefe delante de los demás–. No vamos a dejar esta decisión en manos del Consejo si no hay en él una sola de nosotras. Decidiremos aquí y ahora.

Sonaron gritos, tambores y silbidos, tanto de aprobación como de protesta. Trog estaba tan acalambrada que le faltaba poco para soltar el colmillo. Groo aguardaba callado en las sombras, atento.

–¿Y cómo queréis hacerlo? –vociferó Vern. Y añadió lentamente, clavando sus pupilas en las de los otros Invisibles, para que nadie se atreviera a contradecirle–: Somos el mismo número de hombres que de mujeres en la tribu. No creo que ninguno de nosotros vaya a mostrarse partidario de que las mujeres puedan hacer el Viaje.

–Yo sí –dijo Pa dando un paso adelante–. Trog cuenta con mi apoyo.

–Y con el nuestro –dijeron al unísono Rogl y Odi, flanqueando a su padre.

El resto de la tribu contenía el aliento.

–También tiene el mío –dijo Groo, adelantándose junto a ellos–. La niña hará su Viaje.

• 14

La celebración acabó más pronto de lo habitual.

En lugar de hartarse a comer y bailar, los Invisibles se dedicaron a intercambiar pareceres.

Estaban los que apoyaban a Trog y los que no querían que nada cambiase, los que aplaudían a Raa, y los que criticaban su intromisión, y los que querían seguir tocando los tambores y los que querían irse a dormir pronto.

Groo atendía con interés a todas las conversaciones, pues nunca había visto tantas opiniones diferentes dentro de la tribu.

Aquella noche, Trog se sintió más unida a su familia que nunca. Si no hubiera estado tan ocupada por mostrarse dura como una roca, se le habrían saltado las lágrimas cuando su padre y sus hermanos se pusieron de su parte.

Se escabulleron pronto, y mientras el resto debatía aún al calor de la gran pira en lo alto de la colina, la familia se acurrucó en el fuego de su propia cueva.

Ma y los mellizos escuchaban, mientras Pa hacía cantar a Trog la Canción del Viaje cinco veces seguidas, para asegurarse de que se la sabía perfectamente.

—¡Pa, no se me va a olvidar!

—Toda precaución es poca, hija. A ver, otra vez: ¿qué peligros hay en el páramo?

—Serpientes venenosas, arenas carnívoras, mosquitos peludos y los Hombres de Barro.

—Está bien. ¿Y en la Montaña Que Toca el Cielo?

—Osos, águilas y leones. Pero si sigo el rastro del musgo negro, solo encontraré arañas gigantes y algunas cabras.

—Y el frío, Trog. Que no se te olvide que allí arriba será también una amenaza.

—Y el frío, Pa.

—¿Qué dos cosas no tienes que hacer nunca?

—Dormir cerca del agua y alejarme del fuego.

—¡No lo olvides nunca, hija mía! Más que encontrar agua, más que conseguir alimento y casi más importante que hacerse invisible.

Hizo una pausa, y Trog aprovechó para preguntar:

–¿Por qué Vern no quiere que haga el Viaje?

–Rnar es mayor y más fuerte que tú, y ya ha fracasado en dos ocasiones –dijo Ma–. Tu gesto de hoy le ha hecho sentirse avergonzado de su propio hijo.

Se quedaron abstraídos mirando las llamas bailar mientras el sueño les alcanzaba, pensando en que aquella noche algo había cambiado para siempre en la tribu.

15

Durante los días previos a su partida, Trog y su familia se dedicaron a reunir las cosas que se llevaría al Viaje.

Su madre había curtido con especial delicadeza unas botas nuevas y una piel de mamut, y Groo había hablado con el espíritu del animal para que protegiera a la niña y la ayudara a volverse invisible.

Con las mejores piedras traídas desde el lecho del río, Pa había tallado un cuchillo con mango de madera y piel, y varias puntas de flecha tan afiladas como las garras de un halcón.

Rogl y Odi trabajaron juntos durante varias tardes para fabricar el arco perfecto, liviano y veloz como un guepardo.

La nieve se había derretido por completo, y Trog recogió en el bosque las ramas más rectas, que endurecería al fuego para terminar sus flechas.

No añadió al conjunto más que una pequeña flauta, un amuleto en forma de pez, un arpón pequeño y un peine, todo hecho de hueso de ciervo, pues llevar comida o agua iba contra las reglas del Viaje, y tampoco podría cargar demasiado peso.

Cuando hubo reunido todo, colocó su equipo sobre la piel de mamut, la enrolló bien, la cruzó sobre su espalda y anudó los extremos sobre su pecho. Se sintió cómoda, ligera y llena de una gran confianza.

• **16**

Los días se iban haciendo más largos y cálidos, y Trog se preparaba a fondo.

Por la mañana acudía a la cueva de Groo, donde ella y los otros niños repasaban las canciones que los acompañarían durante el Viaje. Después encendía el fuego con Ma, utilizando solamente dos trozos de madera, sin la ayuda de una brasa, una y otra vez. Por la tarde practicaba puntería con su arco nuevo junto a Pa, que, aunque no veía muy bien de lejos, no había perdido ni un poco de su pericia. Al caer el sol, seguía rastros con Rogl y Odi, a los que no se les daba nada mal, a pesar de ser unos holgazanes. Y cuando la oscuridad rodeaba la cueva, miraba al firmamento buscando las estrellas que le servirían de guía en su aventura.

Y así, una noche sin nubes en que la luna brillaba llena y formidable, los lobos salieron de sus cuevas por primera vez después de la Nieve y aullaron al cielo desde la llanura, anunciando que el momento había llegado.

Trog, que estaba en lo alto de la colina, se puso en pie y aulló también, uniéndose a ellos.

Antes de que saliera el sol, habría dado comienzo su Viaje.

17

Aún estaba oscuro cuando Ma, Pa y los mellizos acompañaron a Trog al pie de la loma, donde
comenzaba el bosque que conducía al páramo.

Con la primera claridad de la mañana, pudie-
ron ver a otras familias esparcidas entre la bruma
que acudían también para despedir a sus hijos.

No muy lejos de ellos se encontraban Vern y
Raa, acompañando a Rnar. Trog le miró y se acordó
de que era la tercera vez que intentaba hacer el
Viaje, y le deseó suerte mentalmente. Pero Rnar
encontró su mirada en la distancia y le sacó la lengua con desprecio.

–No le hagas ni caso –dijo Ma, que lo había
visto todo–. A partir de ahora te preocuparás solo
de ti, hija. Recuerda las canciones y los consejos
que te hemos dado. Que los espíritus te acompañen y te protejan.

–Que tu vista sea aguda y tus flechas acierten todos los blancos, hija mía –dijo su padre.

–Cada día pensaremos en ti, y tú en nosotros, para que nunca pierdas el camino –dijo Ma.

–Seguro que cazas un mamut tú sola, hermana –dijo Odi.

–¡O un montón de leones! –dijo Rogl.

Trog no pudo decirles nada. Un nudo le atenazaba la garganta: era la primera vez en su vida que se separaba de su familia. Antes de que se le escapase una lágrima, los miró a los ojos, uno a uno, y se despidió de ellos.

–¡Pa, Ma, Rogl, Odi!

–¡Trog! –respondieron al unísono, y entonces la niña se dio la vuelta y comenzó a descender la ladera, siguiendo el sendero que serpenteaba entre los árboles.

En cuanto caminó un poco, la espesura se hizo mayor y la bruma se volvió tan densa que absorbía todos los sonidos del bosque, con excepción de sus propios pasos. Se giró, pero la niebla se había tragado a su familia, la colina, el camino y todo lo demás. Sintió un poco de miedo, pero enseguida se lo llevó una sensación de victoria, pues al fin recorría aquel bosque sola. ¡Y ella que pensaba que nunca llegaría aquel momento!

De repente, las piernas se le paralizaron.

Frente a ella, a la distancia de un tiro de piedra, unas luces amarillas flotaban sobre el suelo, entre los árboles.

¿Serían espíritus? ¿Eran los caníbales? ¡Creía que aún estaba lejos del páramo!

Se aproximó con sigilo. La niebla se diluía y le pareció distinguir, sobre un montículo junto al camino, a un grupo de personas que portaban antorchas: ¡eran las mujeres de su tribu!

–¡Trog! ¡Trog! –gritaron con emoción en cuanto la reconocieron.

–¡Yo también quise hacer el Viaje, pero nunca fui tan valiente como tú! –exclamó una.

—¡Sabemos que tú traerás la presa más grande!

—¡Estamos todas contigo, Trog! —dijeron, y comenzaron a cantar agitando sus antorchas, aunque esta vez habían cambiado ligeramente la letra:

La décima Nieve se ha derretido
TODAS LAS NIÑAS que tienen coraje
Cuando la noche se llena de aullidos
Antes del sol empiezan el Viaje.

Trog se despidió de ellas con una sonrisa y continuó bosque adentro, escuchando cómo sus cánticos se alejaban poco a poco. No quedaba en ella ni una pizca de miedo.

18

LA NIEBLA SE DISIPÓ.

La niña caminó durante todo el día, siguiendo la dirección que le indicaba el lado de los troncos en el que no crecía el musgo. Iba descalza, ya que reservaba para la montaña las botas de cuero que había hecho su madre, como le habían recomendado sus hermanos. De tanto trepar árboles y rocas, los pies de Trog eran duros y resistentes como la piel de un cocodrilo.

El bosque parecía interminable, mucho mayor de lo que había imaginado, y lleno del ruido de las criaturas que lo habitaban. A Trog le costaba reconocer, entre aquel barullo, a qué animal correspondía cada sonido, entre chicharras, pájaros, monos y ardillas, que chillaban, piaban, cantaban y aullaban, y solo se quedaban en silencio cuando una rama crujía bajo sus pies.

Bebió el agua atrapada entre las hojas de los helechos antes de que el calor de la tarde la evaporase y consiguió lo necesario para componer su primera comida lejos de su familia: hormigas rojas, un caracol, nueces, bayas y algunas raíces.

Hacia el final del día, encontró un árbol grueso como un mamut, bajo cuyas raíces retorcidas se formaba un refugio mullido por la hierba. Era tan acogedor que decidió instalarse allí, a pesar de que aún quedaba un rato para que oscureciera.

Recogió algunas ramas y encendió el fuego frotando un trozo de madera que sujetaba entre sus manos contra otro que sujetaba con los pies. También sabía hacerlo entrechocando dos piedras, pero le preocupaba que el ruido atrajera a alguna fiera.

Después de cenar y de guardar algunas bayas para el día siguiente, se envolvió en la piel de mamut y se acurrucó junto a la pequeña hoguera. Se encontraba agotada tras un día tan largo, pero también muy contenta, caliente y con el estómago lleno. La piel olía al animal y a los mejunjes que su madre usaba para curtirla. Aspiró fuerte y le pareció estar aún en la cueva, junto a su familia. Miró las estrellas que centelleaban entre las hojas de los árboles y pensó en los otros niños que habían partido también aquella mañana. Deseó que se encontraran tan a gusto como ella.

De repente, sonó un chasquido demasiado cerca.

Toda la paz que sentía se vio rota por la amenaza del peligro. Se estremeció bajo la piel y agarró con fuerza el cuchillo que Pa había tallado y del que no se separaba. Aguzó la vista y el oído. Tan solo oía el crepitar del fuego y los latidos de su propio corazón, como un tambor.

Entonces lo vio.

Al otro lado de las llamas, ondulados por el calor, dos ojos brillantes la observaban desde la oscuridad.

19

No recordaba cuándo la había vencido el sueño.

Cuando abrió los ojos, era ya de día y se encontraba sola, junto a la hoguera apagada.

Tenía el cuchillo aún en la mano, pues había pasado la noche entera luchando para no quedarse dormida, pero se relajó en cuanto vio que, fuera lo que fuera lo que la había acechado, ya no estaba allí.

¡Menos mal! En aquel momento se dio cuenta de que tenía que mantenerse alerta si quería volver sana y salva junto a los suyos. Recogió su equipo, enterró los restos de su hoguera (ya que, como buenos cazadores, los Invisibles tenían por costumbre no dejar rastro ninguno) y retomó el camino.

El bosque clareaba según se acercaba a la llanura, y cada vez era más difícil encontrar algo de comer. Aun así, recogió unos huevos de lagarto, unas fresas, que estaban aún verdes, y unas hojas carnosas, que, junto con las bayas que le habían sobrado la noche anterior, serían alimento suficiente para pasar el día. También encontró cebollas, pero ni siquiera se molestó en recogerlas. ¡Antes prefería pasar hambre!

Se sentó en un árbol derribado a comer, y entonces ocurrió algo extraño.

Durante unos instantes se hizo el silencio en el bosque. Trog sintió que algo la observaba desde la vegetación. Se le erizó el pelo de la nuca. Miró a su alrededor, pero no pudo distinguir nada. Recuperó la marcha y se alejó de allí con rapidez.

Caminó el resto de la tarde. Avanzaba infatigable, sabiendo que el espíritu del mamut le había dado su fuerza la noche que trepó el colmillo. Ojalá hubiera tenido la misma energía algunas Nieves atrás, cuando la tribu hizo la Gran Mudanza y dejaron atrás el río cargados con un montón de cosas. Le había parecido un viaje muy duro, pero ahora se daba cuenta de que había sido entonces cuando había aprendido a guiarse en el bosque, a encontrar nidos y madrigueras, a reconocer el escondite de una ardilla, a desenrollar las hojas jóvenes para beber el agua que guardan, a recoger miel sin que la picaran las abejas...

20

IBA TAN ENSIMISMADA EN SUS RECUERDOS que el sol se puso sin que se diera cuenta.

En lo alto de una corta pendiente encontró una enorme luna casi llena, que recién empezaba a menguar. Se encontraba al filo del bosque y a sus pies se extendía el páramo, iluminado por una luz fantasmal. Miró hacia atrás: podía ver la cima de la colina asomando entre los árboles. Pensó en qué estaría haciendo la tribu en aquel momento.

Encendió un fuego y se peinó antes de irse a dormir. Encontró entre su pelo algunos piojos y otros insectos, que le parecieron la cena perfecta para celebrar que al fin dejaba atrás el bosque. Estaba a punto de meterse en su piel de mamut cuando el corazón le dio un vuelco.

Escondido en las sombras, al otro lado de las llamas y deformado por el calor, la observaba el

mismo par de ojos amarillos de la noche anterior. Llena de valentía, Trog agarró una de las ramas de la hoguera y se puso en pie, elevando el fuego por encima de su cabeza. En la otra mano llevaba el cuchillo. Dio un paso hacia delante y movió rápidamente la antorcha de izquierda a derecha. La criatura emitió un gemido y salió corriendo para perderse en la oscuridad, cruzando en su huida un rayo de luz de luna. Durante ese instante, la niña pudo ver perfectamente a su merodeador: un lobo pequeño y flaco, muerto de hambre. Parecía inofensivo, pero era solo un cachorro, y para Trog eso significaba que el resto de su familia no debía de andar muy lejos.

Se enrolló en su piel y cayó dormida al momento, no sin haber echado antes un tronco bien grande al fuego para que no se apagase durante la noche.

21

Se despertó con el primer rayo de sol.

Cuando fue a recoger sus cosas, se dio cuenta de que su arco había desaparecido.

¿Cómo era posible? ¡Nunca podría terminar el Viaje sin él!

Lo había dejado junto al lecho antes de irse a dormir, por si regresaban los lobos. Pero alguien se lo había llevado, dejando solo las flechas.

Se fijó en el suelo, aún húmedo por el rocío. Allí estaba el rastro del ladrón: las huellas de un lobo pequeño, sin duda el que había visto la noche anterior, rodeaban la hoguera ya apagada. Por los círculos que dibujaban, parecía que el animal había dudado bastante antes de acercarse. Encontró una marca continua que arañaba la tierra. Tenía que haber sido producida por el arco, pues era muy grande para que lo cargase con la boca un lobo de aquel tamaño sin tener que arrastrarlo.

Siguió las huellas que se alejaban de su campamento. Cada vez eran más espaciadas, lo que significaba que el animal había caminado deprisa. Llegando a los arbustos, el rastro se volvía doble: unas iban y otras venían, pues el lobezno había debido de regresar por el mismo camino que había usado para acercarse a Trog.

La vegetación baja escondía el rastro, pero no tardó en encontrar unas zarzas en las que había quedado prendido un mechón de pelo suave, de animal joven.

Se dirigió en la dirección que marcaba la pista y encontró un trozo de suelo arcilloso, con apenas cuatro pisadas contiguas y profundas, y así supo que el lobo había vuelto a caminar despacio, confiado en que nadie le seguía.

La niña continuó un tramo más, pero el rastro se perdía en unas rocas. Se agachó y observó el musgo que las cubría, en busca de alguna marca. Había un arañazo reciente que se dirigía hacia el suelo. Siguió con la vista la línea que marcaba la hendidura y encontró su arco intacto abajo, en una grieta. Debía de habérsele caído al animal de la boca mientras trepaba.

Sonó un graznido cercano. Unos cuervos cantaban la Canción de la Muerte en la rama de un árbol. Con mucho cuidado, Trog sacó una flecha de su espalda. Tensó el arco y se acercó de puntillas, conteniendo la respiración.

22

Asustados, los cuervos echaron a volar.

Al pie del árbol estaba el cuerpo sin vida de una loba adulta. Una flecha sobresalía entre sus costillas. ¿Habría sido un Invisible? Tiró de ella. Era demasiado corta para ser de su tribu. Además, no tenía punta de piedra, sino que solamente habían afilado el extremo. El animal apenas había sangrado. Era muy probable que la flecha estuviera envenenada. ¿Quién sería el dueño de aquel dardo y qué le habría pasado, que lo había abandonado junto a su presa? Alrededor no había huellas de humanos, solamente las pisadas del cachorro y de su madre. Vio junto a la loba unas hierbas aplastadas, como si alguien hubiera dormido allí. Tocó el lecho y lo encontró aún tibio. El lobezno había estado acostado allí hasta hacía apenas unos instantes. Debió de haberse escondido, alertado por los cuervos de la presencia de la niña. Trog miró alrededor sabiendo que, en algún lugar cercano, el animal la estaba observando.

¿Qué había ocurrido? Un cazador hiere a una loba con un dardo. El animal busca refugio con su cachorro en la espesura. El cazador abandona la búsqueda, pues las tribus del páramo temen a los espíritus que habitan en el bosque y nunca se adentran en él. La loba se debilita y muere, dejando solo al cachorro. En su deambular, los lobos debían de haberse cruzado con ella por casualidad. ¿La habían seguido porque pensaban comérsela? ¿Es que el lobezno le había robado el arco creyendo que era ella la responsable de la muerte de su madre?

Trog recordaba la Canción del Regreso, que cantaba Groo para que los espíritus de los animales que cazaban pudieran volver con los suyos.

Se arrodilló y, apoyando sus manos sobre el cuerpo, cantó en susurros, repitiendo una y otra vez:

Parte, vete, aúlla
Esta carne
Ya no es tuya

Anda, huye, sal
Gran espíritu
Marcha en paz.

• 23

HACIA LA MITAD DEL DÍA, Trog alcanzó el páramo.

En un trecho muy corto, el paisaje había cambiado por completo. La única vegetación la componían unos arbustos no más altos que ella, que no ofrecían ningún refugio. La humedad levantaba una niebla gris que impedía ver a lo lejos y lo sumergía todo en un silencio inquietante, a diferencia del bosque ruidoso, donde todo anunciaba a voces su presencia.

Se movía despacio, atenta a cualquier movimiento. Recogió unas flores moradas que crecían entre el musgo y las trenzó en un collar que ajustó bajo su barbilla para ahuyentar a los mosquitos peludos. Deseó que las serpientes venenosas no aparecieran tan pronto como los insectos.

Vigilaba cada paso que daba, pues el suelo estaba lleno de charcos y barro y arbustos espinosos. Esperaba hallar pronto un refugio y algo de leña seca para encender un fuego. Apenas había comido, y sabía que un cazador no está del todo despierto si tiene el estómago vacío.

Vio una silueta recortada en la bruma, inmóvil. Se acercó con curiosidad y de repente notó que el suelo se volvía viscoso bajo sus pies: ¡eran arenas carnívoras!

Pisó tanteando con cuidado, para rodearlas sin quedar atrapada. La sombra que había atraído su atención era un buitre que picoteaba en el lodo los restos putrefactos de un búfalo. Levantó la cabeza de su festín para seguir a Trog con la vista, y la niña se sintió su próxima comida. Le dio un escalofrío. ¡El páramo era espeluznante!

Se guiaba únicamente siguiendo el sol, que brillaba débil tras la niebla. Necesitaba encontrar un sitio donde resguardarse antes de que se hiciera de noche. No quería ni imaginar qué tipo de criaturas merodeaban por aquellas tierras cuando se hacía oscuro.

Unos pasos más allá, encontró algo que le heló la sangre: clavado en un poste lleno de fango, había un cráneo humano.

No era el único. Un poco más allá, otras calaveras desperdigadas la miraban con sus ojos huecos. Trog sabía que anunciaban el territorio de los Hombres de Barro, la tribu caníbal del páramo.

Se dio cuenta de que había caminado descuidadamente durante todo el día, sin molestarse en cubrir sus pies con hojas o cortezas de árbol para confundir a quien quisiera seguir su rastro, como le había enseñado Groo.

Empezó a ponerse nerviosa. Miró hacia atrás y vio sus huellas profundamente marcadas en el suelo húmedo. Cualquiera podía haber seguido sus pasos casi con los ojos cerrados. ¿Cómo había sido tan poco precavida?

Oyó un susurro. Se giró y alcanzó a ver una sombra que se escabullía detrás de un matorral. Definitivamente, no estaba sola.

24

Apuró el paso.

Eran varios y podía escuchar cómo se hacían señales con silbidos y cuchicheos. La niebla se había espesado tanto que casi devolvía el eco de cada sonido. Trog amortiguaba sus pisadas cuanto podía, pero le parecían tan estruendosas como las de un hipopótamo. Ni siquiera sabía en qué dirección estaba huyendo.

Se detuvo y escuchó: nada.

Parecía haberlos despistado. Miró alrededor en busca de cualquier agujero en el que esconderse, pero allí parecía haber solamente matorrales deshojados y cenagosos.

De repente, uno de los arbustos la miró. Otro que tenía al lado abrió un par de ojos y la observó también. Un par de manos oscuras salieron lenta-

mente de entre sus hojas portando un arco y tensaron una flecha que apuntaba entre los ojos de Trog.

¡Aquello no eran arbustos! Cuando quiso darse cuenta, estaba rodeada por una docena de Hombres de Barro.

Antes de que el primero se hubiera incorporado, la niña echó a correr. Tenía que alejarse de ellos y ganar unos instantes para intentar volverse invisible.

Corrió hasta que las siluetas de los caníbales se fundieron en la niebla. Entonces desenrolló su piel de mamut, se hizo un ovillo y se envolvió con ella. ¿Se habría acordado Ma de llevar la piel a Groo para que le diera poderes mágicos, o se le habría olvidado? No se lo había preguntado antes de marcharse.

Oyó a los Hombres de Barro acercarse sigilosos entre leves chapoteos. Se pegó al suelo todo lo que pudo en su escondite improvisado y contuvo la respiración, deseando que la invisibilidad funcionase. Las pisadas la alcanzaron y notó su corazón latiendo como un tambor, pero pasaron de largo sin detenerse y las escuchó alejarse.

¿Había conseguido despistarlos? Encontró enseguida una respuesta en forma de flecha venenosa, que zumbó brevemente atravesando la bruma y la piel de mamut, que afortunadamente era tan gruesa que amortiguó el golpe lo suficiente como para dejar la punta del proyectil a dos dedos de distancia del cuello de Trog.

¡La habían visto!

Se echó a temblar, sabiendo que allí terminaba su Viaje. Las pisadas se acercaron y la rodearon en silencio. Los arcos de los caníbales se tensaron con un chirrido. Se acordó de su familia y de la noche en que trepó el colmillo, y pensó que los ancianos tenían razón y que aquella no era aventura para una niña.

25

ALGUIEN PEGÓ UN TIRÓN de la piel de mamut, dejando a Trog al descubierto.

Se puso en pie de un salto blandiendo su cuchillo. El arco, las flechas y los otros bártulos rodaron por el fango.

Entrecerró los ojos para acostumbrarse a la luz, pues llevaba un rato bajo la oscuridad total de la piel. Doce figuras la rodeaban amenazantes, apuntándola con arcos y lanzas. Trog reconoció las flechas, idénticas a la que había arrancado del cuerpo de la loba aquella misma mañana.

Los caníbales eran montañas de lodo de las que salían brazos y piernas pintados de negro y blanco, simulando el esqueleto, y ramas y hojarasca que los convertían en arbustos vivientes. En sus muñecas y tobillos se anudaban pulseras confeccionadas con diminutos huesos, y en lugar de cara tenían un pegote de barro con tres agujeros en los que llameaban unos ojos furiosos y una fila de dientes.

A Trog le sorprendió que no eran mucho más altos que ella, pero aun así eran demasiados para enfrentarse a ellos solo con un cuchillo y en un terreno desconocido.

«Al menos moriré frente a un montón de caníbales y no comiendo cebollas en la entrada de la cueva», pensó.

Entonces, uno de ellos habló con una voz que parecía salir de un túnel:

—¿Trog? ¿Eres Trog, de los Invisibles? ¿La hermana de Odi y Rogl?

Como no tenían boca, a Trog le costó saber quién estaba hablando.

—¡Aquí! —dijo uno de ellos levantando su lanza.

Y dicho esto, se llevó las manos a su cabeza de barro y se la arrancó, y la niña vio que debajo tenía otra cabeza de carne y hueso tan sonrosada como la suya.

—¿No me reconoces? ¡Soy Uur, el hijo de Aark!

Le costó reconocerle con tanto fango encima, y porque se había hecho mayor, pero poco a poco fue encontrando los rasgos familiares de Uur, el niño con la mejor puntería de toda la tribu, que varias Nieves atrás había hecho el Viaje a la vez que Rogl y Odi, y nunca había regresado.

Trog se alegró de que no se lo hubieran comido los Hombres de Barro, pero frunció el ceño al pensar que se había convertido en uno de ellos. Uur se dio cuenta del gesto y gritó a los demás:

—¡Tranquilos! ¡Es mi amiga Trog! ¡No hay ningún peligro!

Guardaron sus armas, se arrancaron sus cabezas de barro de la misma manera que lo había hecho Uur y asomaron doce cabezas de niños y niñas, tan distintos entre sí como si pertenecieran a diferentes tribus.

Trog no salía de su asombro.

—¿Vosotros sois los caníbales? —preguntó desconcertada.

—¡No somos caníbales! —rio Uur—. Somos los niños que se pierden en el páramo.

26

Mientras la llevaban a su escondite, Uur le contó que se había perdido en aquel territorio durante su Viaje.

Tras varios días alimentándose exclusivamente de musgo y liquen, había perdido el conocimiento, exhausto. Despertó tres noches después al calor de un fuego, rodeado de otros niños, en una cueva que no conocía, y así descubrió que los Hombres de Barro nunca habían existido.

Además de Uur, el grupo lo componían dos niñas de la Gente Roja, una tribu que vivía al pie de la Montaña Que Toca El Cielo; un niño Risueño, que a Trog le extrañó porque Groo decía que eran calvos desde que nacían y aquel era rubio como un rayo de sol; cuatro hermanas Azules, aunque todavía ninguna de ellas medía dos metros ni sabía volar; un niño mago de los Kirikiri, y tres niños que no recordaban a qué tribus habían pertenecido.

Cada uno tenía una historia diferente, pero todas acababan igual: incapaces de orientarse en el páramo, habían sido rescatados por los Hombres de Barro.

–Pero entonces, ¿quién fue el primer Hombre de Barro? –preguntó Trog, confusa.

–Nadie lo sabe –dijo Uur encogiéndose de hombros–. El Risueño es el que más lunas lleva aquí, y de los Hombres de Barro que él encontró no queda ninguno ya.

–¿Qué les pasó?

–Se hicieron mayores y regresaron a sus tribus.

–¿Y vosotros por qué no habéis vuelto con vuestras familias? Pensábamos que te habían comido los caníbales.

–Porque todos los niños que son rescatados por los Hombres de Barro se convierten en uno de ellos, y solo vuelven a sus tribus justo antes de que caiga su quinta Nieve en el páramo. Así es como devolvemos el favor. Además, que aquí no se vive tan mal, sin padres ni jefes.

–¡Yo no quiero pertenecer a los Hombres de Barro! Con todos los respetos, necesito continuar mi Viaje.

–Tranquila, Trog: a ti casi te hemos dado caza, pero no te hemos rescatado. Puedes dormir en nuestro refugio y partir mañana mismo, si lo deseas.

–Si regreso, le diré a tus padres que estás vivo. Te echan mucho de menos.

–No, te pido que no lo hagas. Ahora que conoces nuestro secreto, tendrás que guardarlo tú también. Solo estamos a salvo porque los demás creen que somos una tribu de fieros caníbales. No te preocupes por mi familia: volveré con ellos dentro de no muchas lunas.

–Así lo haré –respondió Trog mirando a las calaveras que le sonreían desde lo alto de los postes, enterradas en la bruma.

27

La guarida de los Hombres de Barro no era exactamente una cueva, sino un agujero en el suelo lo suficientemente ancho y profundo como para que entraran dos mamuts.

Estaba escondida por la niebla y bajo un arbusto tan grande como un árbol, aunque Trog dudaba que alguien se atreviera a llegar tan lejos siguiendo el sendero marcado de calaveras.

Se quitaron el barro de encima con un puñado de musgo y se secaron alrededor de la hoguera, sobre cuyas brasas cocinaron un buitre que el niño mago Kirikiri había cazado y que Trog devoró con deleite, pues era el primer alimento decente que tomaba en varios días. Masticaba aliviada de que fuera el buitre el que había acabado en su estómago, y no al revés.

Cuando terminaron de comer, Trog sacó su flauta y tocó una melodía antigua, que le había enseñado Groo para dar las gracias al espíritu del buitre con cuyo hueso había fabricado el instrumento, segura de que también serviría para el que se acababan de cenar. Los otros niños la escucharon como hipnotizados, y cuando hubo terminado se quedaron un rato en silencio, mirando las llamas.

–Hacía mucho tiempo que no oía algo así –dijo suspirando una de las niñas Azules.

–Aquí nunca cantamos –se quejó otro.

–Porque cada uno se sabe una canción diferente. ¡No hay ninguna que conozcamos todos! Además, no tenemos ni un tambor –sentenció el Risueño, sin dejar de sonreír.

–Cántanos una canción que hable de lo peligrosos y sanguinarios que somos los Hombres de Barro –pidió una de las niñas de la Gente Roja.

–Mmm... A ver qué os parece esta:

> *Que corra*
> *Que corra*
> *Que corra la sangre*
> *Los Hombres de Barro*
> *Tienen mucha hambre.*

De barro
De barro
Los Hombres de Barro
Flechas venenosas
Dientes afilados.

Cuidado
Cuidado
Cuidado en el páramo
Con la tribu caníbal
De los Hombres de Barro.

Al llegar a la última frase, los niños saltaron aullando de entusiasmo.

¡Era la mejor canción que habían oído nunca!

No tardaron mucho en aprendérsela, y la cantaron a coro una y otra vez, brincando alrededor de la hoguera hasta que se quedaron sin voz.

Trog bailó y rio con aquellos Hombres de Barro que no eran caníbales, sino niños y niñas como ella, y, por unos instantes, a todos se les olvidó que fuera de aquel agujero estaba el páramo oscuro y amenazador.

28

Con la primera luz de la mañana, antes de emprender la marcha, Trog le regaló su flauta a los Hombres de Barro, que habían vuelto a vestirse con su traje de lodo y sus pinturas terroríficas y la habían acompañado hasta los límites de su territorio.

–Estoy segura de que le daréis buen uso. Además, podéis fabricar otras si hacéis los mismos agujeros en un hueso de buitre.

–¡Trog! –contestaron al unísono, pues tampoco se había inventado aún otra forma de dar las gracias.

–Me gustaría que estos objetos te acompañaran en tu camino –le dijo el niño mago Kirikiri tendiéndole un guijarro blanco–. Esto es una Piedra de la Sed traída de los confines del Mundo. Ten cuidado con usarla si no tienes agua cerca. Mira, pruébala.

Trog la tocó con la punta de la lengua y notó un sabor intenso y agradable.

–Nosotras queremos que lleves contigo estas semillas saltarinas –dijeron las niñas Azules, ofreciéndole un extraño fruto formado por un sinfín de pepitas amarillas apretadas en forma de piña alargada–. Pueden aguantar muchas lunas sin estropearse. Cuando quieras comerlas, acércalas al fuego y las verás saltar.

–Sigue el rastro de flores moradas para salir del páramo sin que te atrapen las arenas carnívoras –dijo Uur–. Que los espíritus te acompañen en tu Viaje y te ayuden a regresar sana y salva con los nuestros.

Y dicho esto, los Hombres de Barro se dieron la vuelta y emprendieron su deambular por la ciénaga, en busca de enemigos que combatir o niños que salvar.

Trog miró sus doce figuras tambaleantes mientras desaparecían en la niebla y retomó su camino.

Poco después del mediodía, la bruma se aclaró y el paisaje fue llenándose de desniveles y de vegetación más alta, lo que indicaba a Trog que había alcanzado los límites del páramo. Las flores moradas que crecían sobre la tierra seca y firme ahora salpicaban el suelo abundantemente, haciendo imposible orientarse.

Preguntándose si habría seguido el camino equivocado, trepó un montículo en busca de alguna señal. Pero al llegar a la cima se borraron todas sus dudas: ante su vista se alzaba majestuosa y descomunal la Montaña Que Toca El Cielo, con su cabeza cubierta de nieve, quieta y callada, como si llevara esperando a la niña desde el principio de los tiempos.

29

Le llevó casi toda la jornada alcanzar la falda de la montaña, pero el trayecto fue más amable que en el páramo. El aire era fresco y seco, la tierra suave bajo sus pies, y no encontró señales de ninguna amenaza inminente.

A mitad del día, cazó un conejo enorme. Pa y los mellizos habían fabricado el arco y las flechas perfectos para su altura y su fuerza, tan eficaces que la presa cayó fulminada al instante, y pudo recuperar su dardo con el cuerpo y la punta intactos.

Cantó al espíritu del conejo para que regresara con los suyos y pensó que, tarde o temprano, tendría que cazar algo más grande para su regreso a la tribu.

Avanzó sin parar a comer o a descansar, y llegó a la montaña antes de que cayera la noche, siguiendo el rastro del musgo negro para evitar a las fieras, como le había enseñado Pa, y vistiendo las botas de cuero que había hecho Ma.

Antes de que oscureciera, había encontrado el emplazamiento perfecto para dormir, apartado del camino y resguardado por una cornisa de rocas.

La noche trajo un frío inesperado y Trog encendió una hoguera enorme con la leña seca que abundaba en el lugar.

Agazapada en la piel de mamut, miró las estrellas que invadían el cielo aún sin luna mientras el conejo se asaba sobre las brasas. Se sentía caliente y segura, y estaba a punto de desear que fueran así todas las noches de su Viaje cuando algo crujió tras unas rocas. Agarró lentamente su arco y tensó una flecha, apuntando hacia la negrura.

El visitante dio dos pasos hacia ella y las llamas lo iluminaron.

Trog se sorprendió al ver al cachorro de lobo. ¿Qué hacía allí? Debía de haberla seguido a través del páramo durante varios días.

Se miraron fijamente. El animal se tumbó, dócil, al otro lado del fuego. Estaba esquelético, despeluchado, y temblaba de frío. La niña supo que se había acercado a ella buscando el calor de la hoguera.

Arrancó un trozo de su cena y lo arrojó hacia el lobo. Este se asustó y pegó un respingo, pero en cuanto el delicioso olor de la carne asada llegó a su hocico, se acercó prudente. Olisqueó el alimento sin dejar de observar a Trog, y lo devoró tan rápido que casi se atraganta. Satisfecho, se tumbó algo más cerca del fuego, relamiéndose durante el largo rato en que la niña terminó de cenar.

El sueño los alcanzó inmóviles, en silencio y con la mirada clavada en el otro, tanto que aquella noche los dos durmieron con un ojo abierto.

30

Al despertar, el lobezno no estaba allí. Se había marchado llevándose los restos del conejo.

Trog siguió su camino hacia la Montaña Que Toca El Cielo. Según ascendía, la vegetación se hacía más escasa, y las rocas, grandes y afiladas. Entre ellas aullaba el viento frío y seco.

Caminaba zigzagueando a uno y otro lado del camino, en busca de agua y alimento. Encontró alacranes, escarabajos y otros bichos crujientes y nutritivos, pero ni una gota de agua. Las únicas plantas que crecían allí eran unas lianas secas y quebradizas que se arrastraban por el suelo.

Oteaba al frente, entre las rocas, incapaz de ver mucho más allá y sin estar segura de cuántos días de marcha le quedaban. Olfateó el aire, pero a pesar de que el cielo estaba siempre nublado, no olía a tormenta ni parecía que fuera a llover. Se fijó en las cimas nevadas, inalcanzables sin tener alas, y pensó que aquella nieve se tenía que fundir en arroyos que correrían montaña abajo, como pasaba en la colina. Si encontraba alguno de ellos, podría calmar su sed. Aguzó el oído en busca del sonido de algún torrente, pero aquel viento glacial hacía inútiles su nariz y sus orejas.

En su exploración encontró un jirón de arena que el viento acumulaba contra las rocas. Sobre ella, las huellas frescas de un animal pequeño. No tenían garras y parecían dar pasos cortos, por lo que Trog dedujo que no era un depredador, sino algún ser rechoncho que se alimentaba de insectos y plantas.

Entonces se le ocurrió una idea. Agarró unas lianas secas del suelo, las trenzó en un lazo que colocó junto a las huellas, bien sujeto entre dos rocas, y se escondió tras ellas. Y esperó.

• 31

ESPERÓ TANTO que pasó el día. El sol había desaparecido tras el gran muro de piedra de la montaña y el frío se había acentuado. Estaba a punto de desistir cuando oyó que algo chillaba y se agitaba.

Rápidamente, saltó con el cuchillo en una mano y su piel de mamut en la otra. En la trampa se revolvía asustada una criatura peluda y gris, con las orejas oscuras y la nariz rosa, que la miraba con sus ojillos negros, presa del pánico. Trog le arrojó la piel por encima y la redujo. Con mucho cuidado, agarró al animal por el cuello y anudó sus patas con otra liana, inmovilizándolo, mientras este lanzaba dentelladas como un desesperado.

Recuperó el aliento mientras esperaba que la criatura se calmase. Entonces sacó la Piedra de la Sed que le habían regalado los Hombres de Barro y se la acercó con cuidado al hocico. Desconcertado pero curioso, el animal primero la olfateó y después la probó tímidamente con su lengua diminuta. Trog vio cómo los ojos se le abrían como platos y se lanzaba a lamerlo con deleite. ¡Le había encantado!

Un rato después, el bicho se hartó y dejó de chupar. Comenzó a jadear y a relamerse sediento, afectado por el efecto de la piedra mágica.

La niña dejó que la sed creciera mientras anudaba lianas para fabricar una cuerda lo más larga posible. Ató un extremo al cuello de la presa y enroscó el otro en su muñeca. A continuación, aflojó las ataduras de las patas y, en cuanto se vio liberado, el animal pegó un brinco y huyó entre las rocas a la velocidad del rayo.

Trog le seguía a la carrera agarrando la cuerda con fuerza, pues si perdía a su pequeño guía, todo el esfuerzo habría sido en vano.

Entonces tropezó con una piedra, las lianas pegaron un tirón y se quebraron con un chasquido, liberando al roedor. Cayó de bruces y, antes de chocarse de cara contra el suelo, tuvo tiempo de ver cómo la criatura desaparecía saltando tras unas rocas.

Se levantó y se sacudió el polvo de encima, furiosa. Tensó una flecha en su arco y, de dos zancadas, se plantó sobre las piedras tras las que había perdido de vista al animal.

Y allí lo encontró un poco más abajo, peludo y rechoncho, saciando su sed a grandes tragos en la orilla de la laguna más limpia y cristalina que había visto jamás.

32

Trog también bebió aquella agua, no sin antes dejar marchar a su amigo.

Después recorrió la orilla de roca, en la que no había nada más que un árbol destartalado que llevaba demasiado tiempo seco. Encontró una hendidura en el suelo que formaba una protección perfecta contra el viento, y como la noche estaba próxima, decidió encender allí un fuego, ya que temía no encontrar mucha más leña en aquel paraje.

Dio también con una rama recta y ligera que le pareció el mástil perfecto para su arpón. Hizo una hendidura en un extremo con su cuchillo y lo endureció al fuego. Después encajó la punta de su pequeño arpón de hueso y lo aseguró, anudando unas lianas humedecidas. Una vez terminado, contempló su trabajo. Se sentía orgullosa, ¡parecía de lo más mortífero!

Se acercó de nuevo a la orilla. El crepúsculo lo había sumido todo en sombras, pero estaba convencida de que en aquella agua tan clara se podría pescar con facilidad, incluso a la luz de la luna.

Se quitó las botas y metió un pie en el agua. ¡Estaba congelada! Quizá no había sido tan buena idea. Observó el fondo de la laguna mientras el pie se le adormecía. Allí no parecía que hubiese nada.

Entonces notó un movimiento por el rabillo del ojo. Pero no había sido en el agua, sino detrás de ella, en la ladera de la montaña.

Se giró, alerta.

No estaba equivocada: una sombra negra reptaba hacia ella por la pared de roca. No, había otra. ¡Y otra más! En un momento había montones, saliendo de entre las grietas como arañas monstruosas. Cuando las criaturas estuvieron más cerca, Trog pudo ver que eran una especie de monos cubiertos de pelo negro, con unos ojos rojos que brillaban como ascuas.

Le dio un vuelco el corazón al acordarse de las palabras de su padre la noche antes de partir: «Nunca duermas cerca del agua. Cuando la noche comienza y cuando termina, todas las criaturas buscan un lugar donde aliviar su sed». Pero fue aún peor cuando recordó el otro consejo que Pa le había pedido que no olvidara: «Nunca te alejes del fuego. Todos los seres lo temen».

Los monos estaban por todas partes y Trog se dio cuenta de que era demasiado tarde para correr, pues antes de que llegara se habrían interpuesto entre ella y la hoguera, donde estaban su arco y su cuchillo.

Dio dos pasos atrás, hacia el agua helada. Los monos más cercanos se percataron de su presencia y comenzaron a ulular con un sonido espeluznante. El sonido se extendió al resto de la manada y pronto todos aquellos ojos rojos estaban clavados en ella.

Trog no conocía esas criaturas. Intentando mantener la calma, repasó todas las canciones que hablaban de seres peligrosos, pero no recordaba ninguna que mencionara a aquellos animales.

Los monos llegaron a la orilla y rodearon a la niña, chillando y golpeando el suelo con los puños. Se dio cuenta de que tenían miedo del agua y retrocedió hasta que le cubrió la cintura. ¡Estaba tan fría que creyó desmayarse!

Si no quería reunirse antes de tiempo con los espíritus de los abuelos de los abuelos de sus abuelos, tenía que ocurrírsele algo enseguida.

33

Aferró su arpón con las dos manos y dio un paso adelante, decidida.

Los monos se arremolinaron frente a ella en la orilla. A esas alturas del camino, estaba dispuesta a morir luchando contra aquellos monstruos antes que hacerlo congelada.

Pero entonces, algo ocurrió.

Se formó un revuelo al fondo, cerca de la hoguera, y todas las cabezas se giraron para ver qué estaba pasando. Trog vio entre los monos a su viejo amigo el lobezno, pegando dentelladas y lanzándolos por los aires.

¡Había aparecido en el momento justo!

Asustados, los monos huyeron trepando por las rocas y desaparecieron en la oscuridad de las grietas, entre aullidos; salvo cuatro de ellos, que plantaron cara al lobo y lo rodearon con el pelaje erizado, mostrando sus colmillos.

Las piernas entumecidas de Trog no le impidieron salir del agua de un salto. Se lanzó al ataque e hincó su arpón con fuerza en el costado de una de las alimañas, que chilló y salió corriendo con el arma aún clavada. El lobezno aprovechó la confusión y atacó a otro de los monos, agitándolo con violencia entre sus dientes. Los dos que quedaban, indefensos sin el grupo, huyeron despavoridos entre las piedras.

Ambos supervivientes, niña y lobo, se miraron resoplando mientras recuperaban el aliento. El animal dócil de la noche anterior había desaparecido y Trog veía ahora una bestia salvaje, con el hocico ensangrentado, el lomo erizado y los colmillos fuera. Pero, cuando se hubo calmado, el lobo jadeó moviendo el rabo, tan amigable como la última vez.

Trog agarró el cuerpo sin vida del mono y lo arrojó al fuego. Esperaba que al menos su carne tuviera buen sabor. El animal la siguió y se tumbó junto a la hoguera, lamiéndose algunos rasguños que le había dejado la pelea, esperando para compartir la cena. Esta vez se colocó mucho más cerca de la niña.

¿Por qué la había salvado? Trog pensó que, al fin y al cabo, tenían muchas cosas en común. Eran los dos cazadores, apenas unas crías, y vagaban solos por el Mundo en busca de su lugar. Pensó también en los Hombres de Barro, y en que quizá ser amigos consistía en eso: en compartir un fuego y algo de comer, y en cuidar del otro cuando estaba en peligro.

La carne de aquellos monstruos resultó deliciosa. Mientras devoraban su festín, Trog se dio cuenta de que aquella noche había olvidado dos cosas muy importantes: no dormir cerca del agua y no alejarse de la hoguera. En esta ocasión, había salvado su vida gracias al lobo, pero no podía cometer más errores. Quizá la próxima vez no tuviera tanta suerte.

• 34

POR LA MAÑANA, el lobo aún seguía allí, bebiendo del agua fresca en la orilla, en lugar de haberse ido antes de que la niña despertara, como tenía por costumbre. Los chasquidos de su lengua rebotaban en el cañón de piedra en el que se encontraba la laguna.

El día había amanecido nublado y el pelaje color ceniza del lobo se confundía con el color de las rocas y de las nubes. El animal siguió a Trog con la vista mientras esta se acercaba al agua y se ponía a su lado. En esta ocasión no se espantó, ni siquiera cuando la niña le dijo:

–Si ayer no hubieras aparecido, hoy estaría en la tripa de esos monstruos, y mi espíritu, atrapado para siempre en la Montaña Que Toca El Cielo. Tú me has salvado la vida, así que a cambio yo te daré un nombre. A partir de hoy te llamarás Gris.

Trog se preguntó qué pensaría de ella la tribu si se enterase de que le había dado un nombre a un animal, pero tenía la necesidad de darle las gracias por haberla rescatado, y no podía hacerlo si el lobo no tenía uno.

–¡Gris! –exclamó, y su voz se perdió, restallando contra las paredes de roca.

Retomó su camino, sin volver a encontrarse con aquellos monos ni con ninguna otra fiera de las que habitaban la montaña. No sabía si era gracias al rastro del musgo negro o por la compañía del lobezno.

Gris solía desaparecer durante casi todo el día, aunque de vez en cuando lo veía en lo alto de una roca o en el fondo del desfiladero por el que serpenteaba su ruta. En él crecían algunas plantas, y de vez en cuando encontraban agua, leña y algo de alimento. Por las noches buscaba a la niña, y los dos compartían el fuego y la cena, y Trog se sentía segura y maravillada por la presencia del animal.

Durante la cuarta noche en la montaña, sopló un viento gélido. La hoguera era diminuta, hecha con las pocas ramas secas que había recogido durante el día, así que los dos se acurrucaron para darse calor, como una manada o una tribu en miniatura.

Por la mañana, Trog despertó con su cara enterrada en el pelo de Gris y se dio cuenta de que era la primera vez en su vida que tocaba a un lobo vivo.

Esa misma tarde, emprendieron el camino a través de una arboleda hasta una gran pradera. El aire se volvió más cálido y el suelo de roca se convirtió en tierra que olía a lluvia. Por todas partes crecían zarzas, plagadas de pinchos y de bayas, que anunciaban que habían llegado al Valle de las Mil Espinas.

La niña se giró y miró la Montaña Que Toca El Cielo, que le decía adiós con su cabeza nevada oculta entre las nubes.

Había dejado atrás la peor etapa del Viaje.

35

TROG SIEMPRE HABÍA IMAGINADO el Valle de las Mil Espinas como un lugar tenebroso y oscuro, así que le sorprendió encontrar un paraje verde y soleado por el que serpenteaba un río que llevaba agua limpia y clara del deshielo. A sus orillas se desperdigaban pequeños bosques y prados llenos de flores, pájaros y mariposas, que la alejaban de la Nieve todavía más.

Durante un par de días se dedicó a estudiar los rastros de los animales del valle, pues era allí donde tendría que cazar la presa que llevaría de vuelta de su Viaje. Los senderos entre la hierba le decían que casi todas las criaturas vivían en las arboledas y atravesaban las praderas para beber en el río. Los caminos eran estrechos y las huellas diminutas, por lo que debían de ser animales pequeños. Encontró también señales de oso y de león, pero no eran recientes. Seguramente las fieras vivían en lo más alto del valle y bajaban a las praderas para cazar. Tenía que andar con cuidado, pero se sentía más segura ahora que Gris rondaba a su alrededor la mayor parte del tiempo, olisqueando aquel territorio.

Una mañana soleada, encontró una caca de tamaño descomunal sobre la hierba, junto a unas pisadas que no había visto nunca antes. Colocó su pie dentro de la huella. ¡Era tres veces más pequeño que la pezuña de aquella criatura!

El lobo se acercó a los restos y los olisqueó nervioso. De repente levantó la cabeza y olfateó el aire, alertado por algo que la niña no podía percibir. Arqueó el lomo, erizado en dirección a un grupo de árboles, y comenzó a gruñir suavemente, arrugando el hocico para mostrar los dientes.

Trog abrió su nariz y cogió aire con fuerza, pero no lograba oler aquello que asustaba tanto a Gris. Sin perder de vista la espesura, se acuclilló en la hierba en busca de escondite y desenrolló su piel de mamut. Entonces, algo se movió entre los árboles, algo verdaderamente grande que aplastaba las ramas haciéndolas crujir a cada paso.

El lobo salió corriendo, con el rabo entre las piernas.

«¡Menudo cobarde!», pensó Trog, y se envolvió en la piel de mamut.

Pegada contra el suelo, se agarró las rodillas y cerró los ojos, concentrándose con todas sus fuerzas para hacerse invisible.

La criatura se acercó lentamente y cada una de sus pisadas hizo temblar la tierra como un terremoto. Olfateaba el camino, aspirando grandes bocanadas de aire con lo que debía de ser un hocico gigantesco. Al llegar a su altura, se quedó quieta.

Abrió los ojos y descubrió que no estaba tan oscuro allí debajo. Un tenue rayo de luz entraba por un agujero diminuto. Trog lo tocó con el dedo y recordó la flecha envenenada que le habían lanzado los Hombres de Barro cuando los encontró en el páramo. Acercó un ojo al orificio y miró, conteniendo la respiración.

36

AL OTRO LADO DE LA PIEL DE MAMUT, la bestia pastaba tranquilamente, ajena a la presencia de la niña. Era un animal tan alto como dos humanos, que caminaba a cuatro patas, las dos traseras cortas como las de un oso y las dos delanteras largas como las de un antílope. A pesar de su tamaño excepcional y de su comportamiento estruendoso, parecía bastante pacífico.

Trog se lamentaba por no poder cargar ella sola con una presa así, pensando en la cara que pondrían en la tribu si apareciera con una criatura como aquella, exótica y desconocida, cuando notó que algo se movía sobre su tripa.

Bajó la vista y se quedó petrificada: sobre su ombligo había otro animal idéntico, pequeño como una ardilla, tumbado patas arriba. Lo sacudió con la mano, pero no pudo tocarlo. Parecía estar hecho de la luz que entraba a través del agujero. Lo tapó y el animal desapareció. Retiró el dedo y volvió a aparecer, comiendo hierba apaciblemente.

¿Cómo podía estar dentro y fuera a la vez? ¿Sería el espíritu de aquella criatura, atrapado gracias a aquel agujero mágico?

Como dándole una respuesta, el animal dio unos pasos adelante y desapareció. En el vientre de Trog solo se veían árboles y alguna nube, todo patas arriba. Así que no podía ser más que un reflejo, como cuando ella se miraba en el agua de los charcos.

Sin saberlo, acababa de inventar la primera cámara oscura.

Giró suavemente la piel hasta que la imagen del herbívoro volvió a aparecer sobre su ombligo. Palpó el suelo y encontró una piedra lisa, que colocó en su tripa, y con mucho cuidado calcó la silueta del animal, rayando la piedra con la punta de su cuchillo.

Aún no había terminado cuando la criatura se movió otra vez y desapareció de su vista. Giró la piel buscando a su modelo, pero el animal notó el movimiento y huyó despavorido hacia la maleza, dejando tras de sí una nube de polvo y un reguero de hierba aplastada bajo sus atronadoras pisadas.

Trog esperó con paciencia. Cuando estuvo segura de que no había ningún peligro, salió de su escondite.

Cuando sus ojos se hubieron acostumbrado a la luz del sol, miró la piedra que había grabado. Tenía ante sí una copia exacta de aquel animal: ¡el dibujo más fino y preciso que había visto jamás!

37

Durante los siguientes días, Trog se dedicó a perfeccionar su invento.

Seleccionaba piedras lisas y oscuras que se dejaran rayar con facilidad (preferiblemente no muy gruesas, para poder cargar con ellas) y las lavaba en el río. Probó diferentes materiales y descubrió que una de las puntas de flecha que le había dado Pa era la herramienta perfecta para dibujar. Aprendió a colocarse entre el sol y sus modelos para que la luz se reflejara sobre ellos y para que la imagen que se formaba en su tripa fuera lo más nítida posible.

Al amanecer, perseguía los rastros de los animales que iban a beber al río y escogía los que iba a dibujar durante las horas en que el sol brillaba más fuerte. Solía elegir familias de herbívoros, no solo porque eran inofensivas, sino también porque pasaban mucho tiempo quietas, pastando.

También se atrevió a retratar algunos depredadores desde lejos, colocándose siempre en la dirección del viento y haciéndose invisible entre los juncos de la orilla adonde iban a beber.

Antes de salir del Valle de las Mil Espinas había hecho dieciocho dibujos, entre los que se encontraban Gris, una leona, un oso, unos castores, un búfalo, varios pájaros, una familia de hipopótamos y otros animales que no había visto nunca.

A pesar de que había escogido las piedras más finas y ligeras, el peso se hacía cada vez más notable, así que trenzó unas ramas en forma de camilla, como hacían los Invisibles para transportar sus presas, y colocó allí los dibujos. Los dejaba escondidos al amanecer, cerca de donde había dormido, y durante todo el día recorría la pradera dibujando. Al atardecer, recogía su colección de piedras garabateadas y las arrastraba un nuevo trecho. Con este sistema avanzaba despacio, pero se consolaba pensando que era igual que si hubiese cazado un jabalí.

Conforme se acercaba al final del valle, el bosque creció en altura y espesura. Los prados fueron haciéndose cada vez más pequeños y el río se enterró al fondo de un cañón rocoso, no demasiado profundo. El camino se volvió desigual y empinado, y Trog se dio cuenta de que no podía hacer ni un dibujo más, o no podría cargar con ellos.

Una mañana, mientras iba y venía hasta lo alto de una roca para transportar sus piedras, escuchó un grito. Gris había desaparecido un rato antes, persiguiendo a un conejo, pero aquello no le pareció un animal.

Convencida de que el grito pertenecía a un humano, se asomó con cuidado por el otro lado del risco.

Abajo estaba Rnar, el hijo de Vern, acorralado por el oso de las cavernas más grande y encolerizado que había visto jamás.

38

El niño estaba totalmente arrinconado contra la pared de roca, desarmado.

El oso negro y maloliente enseñaba los dientes, gruñendo y babeando a muy poca distancia de su nariz.

Rnar se pegaba al muro todo lo que podía, sin querer abrir los ojos, temblando y lloriqueando.

¿Cómo podía ayudarle? Su arco y sus flechas no podían hacer nada contra aquel gigante. Miró a su alrededor en busca de algo que pudiera servir para ahuyentar al oso, pero en la cima de aquel peñasco solo había más rocas.

¡Eso era! Si conseguía provocar un derrumbamiento, quizá Rnar tuviera la oportunidad de escapar. Buscó una piedra no demasiado grande, cerca del borde, y miró hacia abajo. Era perfecta: justo encima del oso.

Pensó también en la posibilidad de que Rnar muriera aplastado, pero Trog estaba convencida de que sería mejor final que acabar de desayuno de aquella bestia.

Se tumbó con la espalda sobre el suelo y levantó las piernas, apoyando la planta de sus pies contra la roca, como había visto hacer a su padre para sacar las piedras más grandes del río. Entonces, el oso rugió y Rnar volvió a gritar, aterrado.

Trog empujó la roca con todas sus fuerzas. Esta cayó con un gran estruendo que espantó a los pájaros.

La niña se quedó tumbada mirando al cielo, escuchando, pero solo le llegaba el silencio. Temiendo haber aplastado a los dos, se asomó con sigilo.

Allí estaba el oso bajo la roca, muerto. Y Rnar, pálido como la luna y con los ojos abiertos como una lechuza, mirando hacia arriba como si estuviera viendo un fantasma.

–¿Trog?

–¡Rnar! –respondió sonriendo.

Pero el niño cambió su color de blanco a rojo y salió corriendo, refunfuñando entre dientes.

Trog se acercó extrañada, pero enseguida entendió la reacción del hijo del jefe.

Al pie de la roca había una grieta que formaba una pequeña cueva. Y dentro, los restos de un fuego de varias noches, unas pieles y carne de mamut ahumada como para aguantar toda una luna.

Rnar debía de haber llegado directamente desde la colina, evitando el páramo, la Montaña Que Toca El Cielo y el Valle de las Mil Espinas, y se había instalado allí hasta que pasaran las noches suficientes como para que todo el mundo creyera que había completado el Viaje. Seguramente había pasado todo ese tiempo escondido, hasta que el olor de la carne de mamut había atraído al oso, hambriento tras la Nieve. Por eso había salido corriendo cuando vio a Trog, sin siquiera agradecerle que lo hubiera salvado.

Se acercó al cuerpo de la bestia.

¡Había matado un oso! ¡Sin armas! ¡Usando los pies!

No recordaba a nadie que hubiera regresado del Viaje con una presa tan grande.

Reía pensando en la cara que iban a poner sus hermanos cuando vieran el tamaño de aquel animal.

Pero entonces se acordó de sus dibujos.

¡No podía llevar las dos cosas!

Suspiró, sabiendo que la decisión estaba tomada.

Sacó su cuchillo y se acercó al cuerpo del oso.

39

Caminó durante dos días más, desde el amanecer hasta el crepúsculo, para recuperar la distancia perdida por la lentitud de sus pasos al arrastrar las piedras llenas de siluetas de animales.

Se encontraba cansada, pero a la vez llena de ánimo por todo lo que había vivido durante su Viaje. Tenía muchas ganas de volver con su familia y contarles sus aventuras. Quería explicarles cómo había conocido a Gris (que seguía acompañándola, cercano y protector) y cómo repelieron juntos el ataque de los monos de ojos rojos, y hablarles de las criaturas gigantes pero pacíficas de las praderas, y de la Piedra de la Sed, y de cómo había acabado con el oso, y del agujero mágico que hacía en las pieles la flecha envenenada de los Hombres de Barro, sobre los que tendría que mentirles para proteger su secreto.

Pensaba en cuánto se alegraría Groo cuando conociera su invento para dibujar animales, y en cómo recibiría el resto de la tribu su regreso. Esperaba que nadie pidiera su destierro por no llevar ninguna presa, pues entonces también tendrían que expulsar de la tribu al cobarde de Rnar. Seguro que había quien se burlaba de ella, pero a Trog le daba igual, porque estaba convencida de que les llevaba algo mucho más importante, a pesar de que no se pudiera comer. ¡Y había matado un oso! Muy pocos Invisibles podían relatar la misma proeza.

Cuando cayó la segunda noche, subió a un alto en busca de un lugar donde dormir. En la cima encontró un claro iluminado por la luna, despejado de árboles excepto por dos sauces llorones que se inclinaban en el centro, uno frente a otro, como haciéndose una reverencia.

Al llegar al árbol que tiene un gemelo
Busca tu estrella y vuelve a la colina.

Trepó por las gruesas ramas de uno de los árboles y oteó el firmamento.

No le costó localizar el astro más brillante, casi tocando el horizonte, sobre el que pudo reconocer, lejana y diminuta, la familiar colina. Suspiró al sentirse tan cerca de su hogar y casi le pareció ver en la lejanía el refulgir de alguna hoguera, como si fuera una estrella que se hubiera caído del cielo nocturno.

40

Recorrió sin descanso el último tramo del Viaje, comiendo apenas algunas bayas y raíces que recogía casi sin detenerse, y alcanzó la colina antes del anochecer, agotada por el esfuerzo.

Acompañada por Gris y por su colección de dibujos, ascendió el sendero empinado que llevaba hasta su cueva.

–¡Ma, Pa, Rogl, Odi! –gritó alegre con sus últimas energías, pero nadie respondió.

Dejó su carga en la entrada y se asomó al interior de la gruta. En el suelo humeaban aún las brasas de la hoguera, pero no había nadie.

Salió y se fijó en que allí estaban las herramientas de tallar de su padre, una piel a medio curtir de su madre, e incluso una cebolla a medio comer que seguro que había dejado allí alguno de sus hermanos. Parecía que todos hubieran salido corriendo de repente.

Entonces escuchó un vocerío que venía de lo alto de la colina: ¡estaban todos allí arriba!

La tranquilizó saber que la tribu no había salido huyendo por una amenaza inesperada, ni había desaparecido mágicamente. ¿Qué estarían celebrando?

Recogió su colección de piedras y, seguida por Gris, ascendió hasta la cima, desde donde llegaba un nuevo clamor de los Invisibles, que gritaban con asombro:

—¡Ooooooh!

Llegó al límite de sus fuerzas, a punto de derrumbarse.

Toda la tribu se arremolinaba excitada alrededor de algo que había en el centro de la colina y que Trog no podía ver.

—¡Ma, Pa! —exclamó buscando a su familia.

Toda la tribu se giró.

—¿Trog? —preguntaron algunos, incrédulos al verla sana y salva.

–¡Trog! –dijeron otros, entre el asombro y la alegría.

–¡Un lobo! –gritó la mayoría, poniéndose a salvo o apuntando a Gris con sus lanzas.

–¡Quietos, quietos! –dijo la niña poniéndose delante del animal para protegerlo–. ¡Es un amig...!

No pudo terminar la frase.

Se había quedado congelada al ver lo que contemplaban con tanto interés: en medio de todos ellos se encontraba Rnar, con aire vencedor y arrogante, subido a lomos del cuerpo sin vida del oso de las cavernas del que Trog le había salvado días atrás.

41

Su familia salió de entre la multitud y la llenó de besos y de abrazos. Un murmullo de asombro y aprobación fue recorriendo la tribu.

—¡Trog! ¡Trog! —exclamaron algunas mujeres con admiración.

—¡Una mujer en el Consejo! —gritó alguna con emoción, seguida por los aullidos de otras.

Groo, imperturbable y en silencio como siempre, le dedicó una mirada llena de orgullo y afecto, que la niña recibió y comprendió. A su lado, Vern notaba que la atención que por fin estaban prestando al holgazán de su hijo estaba volviéndose hacia Trog, y habló así:

—Conseguiste regresar, niña. La última de todos los que partieron, eso sí. Pero ¿dónde está el fruto de tu cacería? Veo que solo traes un montón de piedras y un lobo vivo. ¿No te atreviste a matarlo y esperas que lo hagamos nosotros?

Todo el mundo calló ante la voz del jefe. Trog respondió con decisión:

–¡Nadie hará daño a Gris! Él me salvó la vida y ahora somos amigos. –Agarró la camilla y volcó sus piedras ante los pies de la tribu–. Yo no traigo una sola presa, sino todas estas, con las que no llenaremos nuestras tripas, sino nuestros espíritus.

Todos los Invisibles se inclinaron hacia delante para observar con detenimiento qué criaturas podía haber entre aquellas piedras, y entonces vieron que cada una de ellas contenía un dibujo: los dieciocho dibujos de animales más fieles y perfectos que habían visto jamás. Un murmullo de asombro recorrió la cima de la colina.

Rnar, en lo alto del oso, hervía de rabia. Rojo de ira, bramó:

¡Regresa y ofrece una buena presa
Que tus propias manos hayan cazado
Si no cumples con esta promesa
De los Invisibles serás desterrado!

Trog no aguantó más.

–¡Entonces, tú también deberías ser expulsado! ¡Ni siquiera mataste tú mismo a ese oso!

–¡Oooooooh! –dijo toda la tribu boquiabierta, antes de quedarse absolutamente callados.

–¡Trog! Esa es una acusación muy grave –dijo Pa preocupado, y añadió en un susurro–: Y más si se trata del hijo del jefe.

–¡Niña! –dijo Vern enfurecido–. Será mejor que tengas pruebas de lo que dices.

Trog dio un paso adelante y señaló el cuerpo de la bestia negra y peluda. Todos observaban con atención, ojipláticos.

–Si Rnar ha cazado realmente este animal, quizá pueda explicarnos dónde están sus colmillos.

–¡Oooooooh! –repitieron todos sin salir de su asombro.

Groo se acercó al oso, agarró su hocico y levantó los labios con cuidado, mostrando al resto de la tribu una boca llena de dientes amarillos y afilados, pero en la que faltaban, como había anunciado la niña, los cuatro caninos.

–Efectivamente, a este animal le faltan los colmillos. ¿Qué tienes que decir a esto, Rnar?

El hijo de Vern seguía rojo como un pimiento, solo que ya no era de rabia, sino de la más profunda vergüenza.

Comenzó a balbucear una respuesta. Pero antes de que consiguiera decir algo coherente, Trog metió la mano en su piel de mamut, rebuscó unos instantes y finalmente arrojó al suelo, donde todos podían verlos, los cuatro colmillos del oso de las cavernas.

42

Vern miró a su hijo, decepcionado y cada vez más furioso.

–¿No has tenido bastante con avergonzarnos a tu madre y a mí, que además quieres humillar a Trog, quien sin duda merece mejor lugar entre los Invisibles que tú? ¡Desaparece de mi vista ahora mismo!

Rnar se escabulló cabizbajo y Vern se acercó a la niña. La cogió en brazos y la alzó sonriente, mostrándosela al resto de la tribu.

–¡Trog!

–¡Trog! ¡Trog! ¡Trog! –respondieron los Invisibles con aullidos y pataleos, celebrando su regreso y el final del Viaje.

Aquella noche hubo una gran fiesta. Bailaron y cantaron canciones viejas y canciones nuevas, como la que les enseñó la niña sobre los Hombres de Barro. Las flautas y los tambores sonaron sin parar alrededor de la hoguera, y todos se hartaron a comer oso de las cavernas a la parrilla.

Los más valientes se aproximaban a Gris, que nunca había visto tantos humanos juntos y tan curiosos; ni ellos, un lobo tan de cerca.

Trog les contó cómo la había salvado en la Montaña Que Toca El Cielo y cómo, a cambio, ella le había dado un nombre. Groo encontraba fascinante la amistad de la niña y el lobo, y se preguntó si podría establecerse con otros animales.

A lo largo de la noche, todas las mujeres se fueron acercando a Trog. Las más pequeñas, para preguntarle cosas acerca del Viaje, que pronto harían ellas también, y las mayores, para decirle que estaban muy orgullosas de ella y recordarle algunos temas que habría que tratar en el Consejo.

–¡Pero aún faltan muchas Nieves para que me dejen participar! –decía ella entre risas.

La niña les contó todas sus aventuras, aunque guardó silencio acerca de los Hombres de Barro, como le había prometido a Uur y a los demás. Para protegerlos, se inventó que había pescado un pez y que dentro de su vientre había encontrado la Piedra de la Sed y las semillas saltarinas.

Para mostrar la magia que encerraban, las colocó cerca del fuego, como le habían dicho las niñas Azules. Todos miraron el objeto amarillo conteniendo el aliento.

De repente... ¡Pop! ¡Pop! ¡Pop!

Las semillas comenzaron a explotar en la mazorca, convertidas en unas diminutas nubes esponjosas que saltaban por todas partes.

–¡Oooooooh! –dijo por tercera vez la tribu, y todos empezaron a meterse en la boca aquellas cosas tan sabrosas.

Todos menos Rnar, al que le asustaba tanto la magia que, al oír las explosiones, salió corriendo a esconderse en su cueva hasta el día siguiente.

«Al fin en casa», pensaba Trog abrazada a su familia, mientras los Invisibles bailaban a su alrededor.

–¿Sabes una cosa? –dijo su padre–. Se acabaron las cebollas. A partir de ahora, podrás ir todas las mañanas a cazar la comida que más te guste.

–¿Me acompañarás alguna vez, Pa?

–Claro que sí, hija.

43

A LA MAÑANA SIGUIENTE, la tribu entera dormía como si fuera domingo (aunque todavía no los habían inventado), con excepción de Trog y Groo, que desde el primer rayo de sol trabajaban juntos en la cueva del hechicero.

Habían preparado pigmentos frescos y se esforzaban por copiar en la pared, con unos pinceles de pelo de rinoceronte, los animales que Trog había traído en sus piedras. Habían pintado un león que parecía que les iba a dar un zarpazo, también uno de aquellos animales enormes sin nombre del Valle de las Mil Espinas, y estaban terminando una hiena con su piel llena de motas.

Dejaba hacer a la niña, pues durante el Viaje había cogido mucha práctica y se había convertido en una artista. Groo miraba los dibujos de lejos y sonreía. ¡Se veían increíbles! Tan vivos que parecían de verdad.

–Siempre fui el hechicero de esta tribu –dijo entonces con cierta solemnidad–. Antes lo fue mi padre. Y antes de mi padre, mi abuelo. Pero yo no he tenido hijos, y algún día me reuniré con los espíritus. Cuando ese momento llegue, alguien tendrá que ocuparse de todo esto.

–¿De las pinturas?

–De las pinturas, y de enseñar a los otros niños, y de comunicarse con los espíritus, y de cuidar de que las decisiones no las tome solamente el que más caza. ¿Te gustaría ser la hechicera de los Invisibles cuando yo no esté?

La niña dejó el pincel y le miró durante un rato. Observó el colmillo que llevaba en la nariz, la piel de lobo, los cuernos de alce y las pinturas de su cara.

–Me lo pensaré –dijo, y se echaron los dos a reír, junto con el eco de la cueva.

Trog terminó las últimas manchas del lomo de la hiena y guiñó un ojo para mirar su obra.

Groo le acercó un platillo de madera con un pigmento rojo y mojó la palma de la mano de Trog en él.

–Estas pinturas se quedarán en esta cueva durante muchas Nieves, muchas más de las que veremos nosotros –dijo apoyando la mano de la niña en la pared y presionando con fuerza–. Serán los nietos de los nietos de tus nietos quienes cuiden de ellas.

Retiró la mano, que había dejado una silueta perfecta con sus cinco dedos.

–Y aunque de nosotros no quede ni una huella, todos sabrán quién fue Trog, la Niña Invisible.

TE CUENTO QUE MARTA ALTÉS...

... estudió diseño gráfico en Barcelona, pero, después de trabajar en ello durante cinco años, decidió dedicarse a lo que más le gustaba desde niña: ilustrar libros. Así que se lio la manta a la cabeza, se mudó a Londres para hacer un máster y hoy, cuatro años después y con más de diez libros (y otros tantos premios) a sus espaldas, se alegra mucho de su decisión.

Marta Altés nació en Barcelona en 1982. Si quieres ver más ilustraciones suyas, visita su web:

www.martaltes.com

TE CUENTO QUE PUÑO...

... está convencido de que seguimos siendo seres prehistóricos, solo que algo más sofisticados. También cree que aprendimos a dibujar muy bien hace miles de años, antes que a cocinar, o a confeccionar ropa, o a componer canciones, y que es precisamente el dibujo lo que nos hace humanos, pues lo hacemos para comunicarnos con otras personas que quizá se encuentran en otro espacio y en otro tiempo.

A Puño le gusta viajar por el mundo y ha vivido en España, en Francia y en Holanda. La noticia de que había ganado el Premio Barco de Vapor le encontró en Colombia. En todos estos lugares escribe historias para los niños y niñas, con la esperanza de que sus libros los ayuden a no sentirse nunca solos.

Si te ha gustado este libro, visita

LITERATURASM•COM

Allí encontrarás:

- Un montón de libros.
- Juegos, descargables y vídeos.
- Concursos, sorteos y propuestas de eventos.

¡Y mucho más!

Para padres y profesores

- Noticias de actualidad, redes sociales y suscripción al boletín.
- Propuestas de animación a la lectura.
- Fichas de recursos didácticos y actividades.